서정을 그리다

서정을 그리다

2024년 3월 15일 초판 1쇄 인쇄 발행

지 은 이 ㅣ 서정 박은숙
펴 낸 이 ㅣ 박종래
펴 낸 곳 ㅣ 도서출판 명성서림

등록번호 ㅣ 301-2014-013
주   소 ㅣ 04625 서울시 중구 필동로 6 (2, 3층)
대표전화 ㅣ 02)2277-2800
팩   스 ㅣ 02)2277-8945
이 메 일 ㅣ ms8944@chol.com

값 10,000원
ISBN 979-11-93543-59-7

서정 박은숙 시집

서정을 그리다

도서
출판 명성서림

서문

시는 영혼의 피와 땀의 결정체이며,
마음의 거울을 닦는 것이라고 합니다.
하여, 흐릿해졌을 나의 거울을
닦으며 민낯의 모습을 살펴봅니다.

거울 속에 비친 내 모습, 어떤 모습일까
자꾸 들여다 본다, 때가 묻지 않았는지
바로 시를 형상화해 나의 모습을 그려보고
싶은 것이다.

2024. 3

박 은 숙

차 례

제2부 가을 독백

제3부 꽃비

제4부 강변 풍경

제1부 … 봄의 소묘

summer is

꽃길조차 지루한
여름의 나른함에
발 적시고

자연 위로가
듣고 싶어
강가를 찾는다

강 위를 나는 흰 두루미
새떼들 울음이
노랫소리로 들리고

소리를 내는 모든
자연의 푸름에
반짝반짝 쏘아대는 햇화살

누군가의 아름다운 영혼일까
태양을 즐기며
참는 법을 알아버린 삶

길 꽃 황홀한 빛깔로
여름 햇살 가득 안은
빛나는 보석

난 이곳이 참 좋다
서투른 방랑자의
주인으로 ......

일 탈

향긋한 커피
한잔의 여유
자유로움아
신나게 달려보자

여름 다 가기 전
추억을 남기고
쉴 곳 찾아
떠나는 방랑자로

사랑의 이름으로
머물 수 있다면
얼마나 멋진 일인가

호랑이 장가가던 날이었나
비구름 사이
무지개 틈새로
빗살 보이던 모습

신선이 노니는
선경이 아니었을까
잡다했던 마음
휴갓길에 머물러

평화를 누리는 기쁨
행복하다
짜릿한 일탈이

우기

비 내리는
나의 삶은
빗물에 흠뻑 젖어
빗소리 듣는 세상

발밑에 질척이는
빗물의 무게만큼 힘겹게
아픔으로 누워 있다

고독 같은 빗소리
나와 무관하게
장대비로 내리고 있다

비가 그치고 나면
따스한 햇살이 마실 다녀간다
꽃들 만개하는
예쁜 꽃밭에
한줄기 빛으로

사랑비

언제나
같은 풍경 아닌
바라만 보아도 그리운
그곳에 서 있고 싶다

들에는 봄 단장 한창이고
벚꽃 뻥튀기 하는 날
연인들 볼우물 벙글벙글
수채화 닮은 당신
오랫동안 머뭇거리다

미처 전하지 못한 마음
꽃비로 내려
꽃잎 가득 물고

침묵으로 와서
스치는 바람으로
가슴 비우는
귀한 성숙

봄비

창밖을 보세요
무심히
바라본 하늘

어제와 오늘이
다르게 변하는
빛과 향기를

초록이 느껴지고
생기 만져지는
푸르름의 계절

봄의 시작 앞에
당신을
만나고 싶습니다

노오란 개나리
따스한 마음
프리지어 한 다발로

세상이
아름다울 수 있는
기쁨으로

당신은 봄을
업고 오셨군요

love is... 1

슬픔을 감춘다는 것
내 앞에 놓인 소중함
완전하기엔
아직도 머언 거리

기준을 날마다 바꾸며
고운 빛으로
소유한 것들에게

귀함을 깨닫고
행복의 소중함을
간직하려고 하네

소유한다는 것 지워 간다는 것
집착을 놓아보면
가벼움을 알려나

어리석은
소중한 일상
갈등의 끝에
디딤돌이 되는

조바심
차갑게
쓸쓸하게
바람 소리만 내고 있다

가을에

가을은 깊어 가고
이슬 젖은 꽃잎
불어오는 바람에
꽃잎을 오므린다

무성했던 여름
누렇게 바래져
푸르름 뒤의 꺼칠음

이제
말없이 떠난 시간
추넘하는 일밖에

끝까지
올 곳이
아름다울 순 없겠지

시월 상달
서릿발치는 귀로
아무도 없네

어디로 가야 볼 수 있을까
그때 그 푸르름

찔레꽃

들녘 언덕에 올라
손 내밀면
하얀 미소로
마중 나온 님

추억 하나
노란 편지지에 써
지나는 바람에 날리면
한 번쯤 생각이 나려는지

꽃 향연이 한창인 요즘
새순 따서 먹던 동무들
가슴 언저리 뭉실뭉실
그리움으로 모여듭니다

하얀 꽃으로

들국화

가을 길목
향기로 다가선 그대
당신의 향기로 가득합니다

바람 속 가을 풍경
밤새 한지로
물들여 놓은 것처럼
빛깔 화려하기만 합니다

노오란 햇빛이 내려앉은 들녘
만지면 향 내음 묻어날 듯
활짝 핀 미소
누구를 위한 미소입니까

가을을 여는 당신께
환한 등 하나
걸어 놓아야겠습니다

봄의 소묘

창문 너머로 오는
봄 햇살에
흠뻑 젖은

계절의 맥박이
기지개 켜는 순간
아지랑이 곱사춤 추는
송글송글 봄맞이 숨결

노을 머무는 곳에서 하늬바람이
햇살을 불러오고
햇살은 들녘에 연초록 뿌려 놓는다

숨 가쁜 탄소동화작용
종달새는 콩닥콩닥
초록의 맥박을 물고 하늘로 오르내린다

할머니 등 같은 뒷산 언덕엔
진달래가 꽃불을 놓고
솔솔 봄바람 부채질이 한창이다

분출이 필요한 날
강가에서
무슨 노래를 부를까
봄볕에 옷고름 풀고
가슴 뉘여 보는 봄날
아!
풋풋한 싱그러움이여

감 옥

햇살 내려와
오늘이 열리고
감옥인지 모르고
좋아하는 그녀

아주머니들
운집하는 미용실
온종일 창밖 세상
그리워 꿈꾸는 그녀

마음 한 곳
아픔 내려와
몸살로 눕는다

살아서 숨 쉬는
오늘이란 흔적
쫓기듯 밀려오는
일상의 끝

돌아보면 언제나
텅 빈 자리
창문 사이로 보이는
콘크리트 벽

목청 돋우어
떠들던 여인들
귀소본능 마음 엮어
떠난 자리
허무만 남았네

동 행

빛살 드는 창가
향기 가득한
차 한 잔
꽃내음의 풍미

행복한 발라드에
리듬 맞추던
시간들에
잠시 취해

한 발엔 웃음꽃
한 발엔 사랑 꽃
한가하게 봄 향기와
구름 따라
잠시 날아 봐야지

따스한 체온
봄꽃들과
눈빛으로 교감하며

꽃잎 그려진 찻잔에
달콤한 커피 향
내 맘 녹이면

지친 삶
피로와 함께
오늘도
손잡고 가자

허수아비

세월 비바람에
무방비로 서 있다
노란 들녘 한 켠
낡고 해진
추억으로 사는 너

아픔이 묻어
무작정 주고 싶은 너
어느 풍경에도
사랑이 되지 못하는
텅 빈 가슴

빈 가슴 지날 때
스치는 쓸쓸한 춤사위
너만을 위한 몸짓

가을 길

소슬바람
불어오는 길목
낙엽이 곡예를 한다

그리움 서로 닮아
어깨 기대어 넌지시
건네보는 속삭임

보듬듯 두 팔로 안아
그대 품에
머물고 싶다

벗을 수 없는 욕망
심연 깊숙이 스미어

물에 잠긴 기억
숲길에 매어 놓았다
멀어진
임의 소리

천사님 만나는 날

첫 주 화요일
요양원 봉사 가는 날
하얀 머리 천사들
기다렸다고
두 손으로 반겨 주신다

머리 손질하고픈
마음 하나
작은 기다림
가슴에 심고

날마다 꽃밭 물 주듯
기다리고 기다리는
어르신 가슴에
스며든 오늘
왠지 쓸쓸해진다

갈대숲

그리움 묻어나는 갈대
바람에 몸을 맡긴 채
사뿐사뿐 춤추고

주홍빛 저무는 햇살
갈대 끝자락에
버티고 섰네

들국화 향기
달콤한
갈대숲의 낭만

노을 속에
뉘엿뉘엿
긴 그림자

호롱불처럼 번져오는
저녁노을
갈대 추억만 더듬네

여명의 봄

오월의 신록
너무 착한 모습으로
두 손 잡아주는 기쁨으로

보고 싶은 내일을
향해 벼르고 있는 기쁨

계절은
멈추지 않으니
지치지 않고 가리라

아름다운 추억으로 사는
희망으로....

봄을 그리다

마음껏 너울거리는 봄
노루 꼬랑지만큼
녹아드는 틈새

하얀 눈으로 올 것 같아
설국의 소녀처럼
하얀 여행을 떠난다

세월 깊이
수북이 쌓인
마음 엽서 하나

살며시
머물러 보는
봄날의 수채화

모두의 그리움
기다림 되는
푸르른 봄

love is... 2

사랑이란
어쩌면 한 송이
꽃인지도....

네가 없거나
내가 없어도 안 되는

나는 작은 잎 하나
너는 꽃이었지
너는 뿌리로
수액을 올리고
나는 햇빛으로
색조를 만들고

한 송이 꽃을
피우는 일은
희망이 있기에

빨갛게 꽃이 되니
나는 너에게 그저
늘 푸른 잎이고 싶다

제2부 ··· 가을 독백

흑산도

두 시간 남짓 다다른 곳
바람을 가르며
꼬불꼬불 도착한
흑산도 아가씨 노래비

푸른 바다를
배경으로 찍고 또 찍고

투명한 유리창 시선 끝으로
온몸의 전율
볼수록 경이로운
자연의 신비한 걸작이다

울긋불긋 인간 띠 행렬
차량의 행렬
한 폭의 그림이다

보기만 해도 아찔한
절벽의 꼬부랑길
현기증 일으키는 곡예 운전

가이드의
구수한 입담
그림 같은 흑산도

여 행

흥거운 마음 자락
상쾌한 리듬
낯설지 않은
오래된 정겨움

풍경 속 어디엔가
묻히고 싶어
바람 소리에
귀 쫑긋

시공에
풍성해진 옛날
기억의 그곳에서
노닐 수 있게

낮에도
밤에도
그렇게 설레고 싶다

봄 다방

언제쯤일까
어떤 모습일까
먼 길 돌아온 그대

은발이 된 머리카락으로
어느 골짜기
어디쯤에 밤을 보내고

어깨에 묻은
봄볕을 털어 내며
에스프레소를 시킨다

빛바랜 눈으로
먼 길 떠돌다
바람 타고 왔을까

목련이 필 때쯤
아린 편지를 쓴다
보고 싶었다고
혹은 사랑한다고

첫 손주

작은 입술의 들썩임
배냇저고리에 묻은
하얀 웃음

말간 솜털 드러내고
밝게 웃고 있는 아가야

두 눈 감고 있어도
웃음소리에 익숙해

가족들의 축하 속
사랑으로 자라날 아가야

무럭무럭 자라
누구에게나
자랑스러운 멋진
아이로 자라주렴

작은 몸짓에
눈길이 멈춰지고
쉼 없이
사진을 찍게 되고

작은 미소
초롱초롱한 눈망울
모든 이의 사랑 받는
보물이다

별 리

지나버린 시간
삶의 한 켠
빈 하늘이 보인다

고단한 나무들
낙엽 떨구며
지난 일
반추하는 계절

삶에서 떼어낼 수 없는
떠남은 다시 올
내일의 시간

와인 잔 놓고
사색하는 가을
바람에 낙엽만 구른다

가을 독백

계절이 깊어
절규하듯 노래하는 매미 소리
바람에 꺾어지는
이별 길

텅 빈 거리
나만의 숲을
사색하는

홀로 걷는 산책 길
많은 것을 보고 만지고
마음 자락 달빛에 펼쳐

추억이 되돌아오는
이런 날은 스산한 마음만
가을 문 앞을 서성이네

카페 시나몬

잔잔한 음악
먼저 와 반기고

맛깔스러운 크림파스타
몸짓에 웃음꽃 피고

심장을 적시는 커피 향
갈 길 몰라 방황하는 영혼

속 말 드러내는
허물없는 우정이 되었다

웃음 만들고 감성 흔들어
마음이 먼저 달려가는 곳

따스함이 서리서리
사연을 만든다

영혼이 힘들어
피난처 되어준 카페 시나몬

찻잔은 싸늘히 식어도
마음이 또다시
그곳에 가 있다

일 탈

석모도 아침이 조용하다
민머루 해변
돌아가던 바람이
숨 고르고 있는 섬

눈보라 지나는 시간
석모도에 아무도 없다

고요 속에 묻혀
시간 흐름을 지켜보고 있다
어떤 행위도 없는 오늘

그냥 이렇게
깨어있음이 좋다
오랫동안 익숙해진
나태와 무기력함

뛰는 가슴 무너지기 전
아무도 걸어보지 않은
눈 위에 첫 발자국

그렇게 걸어간다
꾹꾹
발자국 남기며

봄날의 미장원 오후

오후 세 시 미용실이 고요하다
빙글빙글 도는 의자
염색으로 얼룩진 의자
등 뒤에 빨간 매니큐어가 칠해진 의자

다리 부분이 고장 난 안마 의자
빙 둘러앉아 쑥덕쑥덕
봄날이라 손님도 없고
전화기 벨 소리도 조용

원장은 시집을 보고
시를 담기 위한 몸부림
창문 가리는 고무나무
왜붓듯 가지붓듯

푸른 덴드롱 커트해 주라고
드라이기와 가위와
어항 속 구피들 빨간 꼬리 흔들며
끊임없이 간섭하고 있다

모호한 관념과
상상력으로 아릿해진다
"여보세요! 원장님"
눈 크게 뜨고 좀 봐요
우리 파마해 주세요

춤추는 요양원

추적추적 내리는 빗길을 달려
우리들 어머니를 만나러 갑니다

우쿨렐레 오카리나 하모니카
여러 가지 악기가 아닌 연주에도
요양원이 들썩입니다

참여하는 이의 마음과
받는 이들의 마음이 모여
활기 가득합니다

고요 속 즐거운 노랫소리
경쾌한 선율
뒤이어 환희의 합창 소리
어머니들의 울림입니다

거동은 힘들지만
엉덩이 들썩이며 내미는 두 손
입가에 번지는 미소
알 것 같습니다

그래서 오늘은 댄서도 되고
가수도 됩니다
변하지 않는 세계로 날아 보는
모두가 하나 되는 오늘

하늘 높이 날아 보는
작은 오케스트라
우리들 어머니의 미소가
예쁜 날입니다

오월 이야기

하늘 도화지에
누운 구름
시퍼런 하늘

심장에 뚝뚝 떨어져
바람이 그려놓은
연둣빛 화폭

눈부신 햇살에 맡긴
사랑의 언어

새순으로
향긋한 봄이듯
숨결 하나에
눈길 하나에도

장미꽃 붉은
빛으로 안겨
피어나는
오월의 그리움

봄날의 초상

새 부리처럼
뾰족이 잎 트인 봄
날새들 조잘대고 간 뒤
가만히 나뭇가지 흔들면
따뜻한 호흡으로 다가올
짜릿한 풍광에
연둣빛 속적삼 입는다
박새 바람
달콤함에 건져질
봄날의 희망
바람이 분다
꽃비가 내린다

봄의 유혹

부챗살처럼
포근한 햇살
흠뻑 이슬 머금은
매화 가지 끝
살가운 동아 맺혔다

겨우내 휴지기였던
작은 생명 촉을 틔우는
물오른 버들가지
머지않아
연둣빛 망울 터트리겠네

겨울은 아직 머물러 있는데
날씨는 포근한 봄
벌과 나비 날고

톡톡 터지는 봄의 아우성
마중 나가는
들썩이는 마음 자락
설레는 봄날의 유혹

보문사

무지개 연등 따라
한 계단 한 계단

푸르름의 전율
파장하듯 바람에
흔들리고

내딛는 발자욱마다
숨 몰아쉬는 비탈길
싱그러운 웃음소리

걸음걸음에 의미를
새기다
돌아다보면

홀연히 바람에
잠이 몰려옵니다

억새의 노래

시름에 겨운 가을
별들이 흘러가는 하늘

어둠을 헤아리다
잠시 마음 비운 외출

울음산 늦은 오름 짓으로
어스름한 들녘

돌밭 길에 차이고 차이고
보이지 않는 곳

산속의 바람은
품속으로 파고들어

차가움 느끼는
틈새 서성이다

돌아오는 길
되돌아갈 까만 밤

세상만사 둥글둥글
맘 한쪽 숨겨 둔 명성산

종일토록
으악새만 울었다

일 기

오랫동안 써오던 일기
페스츄리 빵처럼
겹겹이 층이 쌓였다

추억이
장면이
기쁘고 슬펐던 날들이

어제와 오늘
오늘과 내일
부피로 포개지는 일상

날들이 내게 왔고
알지 못하는 미래

가을 낙엽 일기 쓰듯
물들어 간다

인생 1

새벽
빗줄기
싸늘하다

생각을
턱 멈추게 하는 상흔
쉼 없는 인생

밑줄 친 시간을
한숨 한숨 바느질한다

시간 흐름에
주름진 살갗
울컥

시간의 속도에
그려지는 그것은
덧없는 유적

하늘 요양원

어머니 뵙고
돌아오는 내내
초승달이 따라나선다

가로수
파란 새잎
냉기 서려 저린 가슴

어머니
잃어버린 청춘
정지된 기억

비포장도로에
서 버린 낡은 자동차
녹슬어 버린 세상

길을 걷고
또 걷고
답 없는

허무한 오늘
섧도록
오늘이 아프다

제3부 … 꽃비

사월 이야기

꽃들 신호에
봄을 건너뛴
여름이 달려온다

풀벌레 소리
들리는 꽃밭

하루 종일
까닭 모를
서글픔이 서성인다

아무도 알아주지 않는
엄살 섞어 가는
한 줄 넋두리

보낼 곳 없는 안부를
사월에게 물어 간다

뜰 안에 들인
새로운 꽃들
향기로 답한다

삶은 오롯이
희망으로 오는 사월이라고

손 手

후두둑 후두둑
밤비가 먼지 속으로 떨어진다

빗소리에 일어나
무심히 이불 위에
손이 보인다

지치고 말라 건조한 손
거친 삶을 살아낸
무수리 손

무릎에 얹어
가만가만 위로하듯
꼬옥 안아 본다

아직 할 일이 많은데
하루가 짧기만 하고
하루는 길기만 한데

두 손 수고 너머
밝아 오는
새벽 여명

삼월의 소요산

천년 사찰
자재암 폭포
아직 얼어있다
우수 지나
계곡 틈새
잔설 녹아
사르르 사르르 흐른다

언제였나
정답게 걸었던 때가
일주문 지나
백팔계단에 올라
나한전으로
발걸음 재촉하던

코로나19로
정지된 일상
흔들려 버린 세상
일상을 그립게 만들고
만남을 멀게 했지만

내일은
따뜻한 소식에
모두가 평안해지기를
소원해 본다

미용실 그녀

미용실 골목에
흐드러지게 핀 능소화

무척이나
무더웠던 여름
바람이 분다

가을 알리는 웃음꽃
고즈넉한 골목

제법 많은 사람들
구수한 정담
오가는 소리

예쁘장한 꽃들이
하늘거리며
손 흔들어주는 골목

초록 터널 지나듯
하루를 보내는
그녀

싱그러운 떨림으로 사는
그녀의 골목길

유월의 아픔

유월이면
아픈 시름이
깊어진다

가늠이 안 되는
잔혹한 유월

지난 그날에 일어난
전쟁의 아픔

지금은 코로나로 인한
세계의 불안과 아픔이다

들리는 소리마다
힘든 세상살이

그래도 희망 하나는
잡고 가야지

유월의 어느 날
작은 마음 한 자락
채색해 본다

초록 숲 새들도
잃어버린 소리
소리를

잃어버린 봄

이름만큼
싱그럽고 향기로운 봄

온 세상 불안하게 만든
코로나바이러스

기쁨도 웃음도 사라져 갔다
거리는 조용하다

너무나 조용해서 불안하다
목이 타 헛기침만 해도

눈총 받는 세상
예전 평범했던
일상이 아니다

누구의 잘못 아닌데
새로운 소식
기다리는 안타까움

오는 내일은
희망의 빛이 일상이 되길

푸르른 날
휴식이라는 언덕에
노닐 수 있게

나비

살짝 자리 옮겨도
금방 날아갈까

조마조마 숨죽이며
핸드폰에 담아 본다

아침 일찍
어디서 왔을까

붉게 핀 능소화를
찬찬히 탐색하듯
어루만지고 있다

상가 골목
보기 드문 귀한 나비

적적한
찰나에 생기를 준다

잠시 머물다 사라져
눈에 아른대는
나비 한 마리

라디오를 켜고

고단한 하루의 끝에
라디오를 켜면
오늘의 피로가 풀린다

음악을 그리는 화폭
월광처럼 차분히
음률과 함께
세상을 비추고

자유롭게
방황하는
아름다운
밤을 동행한다

소리로 온 음률
지친 피로를 깁는
색색의 숨결

쓸쓸하지만 가득 차 있는
따뜻하지만 텅 빈 듯한
하루의 끝자락
치유의 은총이다

꽃 비

꽃잎 떨어지는 서러움
하늘을 보니

왜 그리 청명한지
꽃들은 봄이라 이쁜가

떠나고 보냄은 일상인데
지는 서러움에
목이 메인다

힘겨운 일상
머물고 싶은 시간
아쉽기만 하다

옛 기억의 저쪽은
출렁다리 건너건만

상념에 상념
나의 세월은
안단테 안단테

느껴보는
행복한 한나절
봄인가 보다

어머니의 옷장

새봄이 되니
요양원에 계신 어머니께
옷 몇 가지 챙겨다 드리려
옷장을 열었다

하루하루 야위어가는
낯선 어머니 모습
옷장에 걸려 있는 옷가지들
우리 엄마 모습 닮아 있네

엄마가 제일 좋아하시던 옷들
이제나 저제나
주인이 찾아 줄까
기다리는데

누워만 계시니
이쁜 옷이
아무 소용이 없네

생신날 사드렸던
땡땡이 재킷과 분홍바지
하얀 둥근 모자

너무나 예쁘셨는데
언제 저 옷 입고
봄나들이 가실 수 있으려나

멈춰버린 기억 속에서
바깥세상 보여달라
애원하시는 어머니

어머니
함께 할 수 없어서
죄송합니다

그리고
죄송할 수밖에 없어서
미안합니다

어머니 삶

봄이 물감을 풀어 수채화를 그리면
겨우내 푸석해진 흙을 어루만지는
어머니의 손끝에서도 풀 냄새가 났지

돌이 강물에 몸을 적시면
하늘이 바람에 눈을 씻는 동안
덩달아 바빠지던 어머니의 봄

찬밥 한 덩이 힘든 줄도 모르고
점점 흙을 닮아 가던 어머니
사랑한단 그 흔한 말도 할 줄 몰라

소쩍새 솥 작다고 우는 밤이면
곤히 잠든 자식 쓸어내리시며
늦도록 밤잠 설치시던 어머니

봄이 꽃을 피워 허공을 채우는 오월
들판 건너온 바람이 분다
어머니 향기가 난다

금일 휴업

창밖 푸르름에 시샘 부리다
발끈하는 유혹

가게 문 덩그렁
자물쇠 걸어놓고

금일 휴업
소요산 오른다

나뭇잎 사이
태양이 눈 흘기고

아카시아 꽃향기 물씬 풍기는
꽃바람 안고 걸으니

해탈의 하늘 나는
한 마리 종달새

목 련

푸른 햇살
온몸 맡기운 봄날

살랑이는 바람
흔들리는 저 너머 세상

그곳으로 불러들이는
하루의 찰나

아득하게 넘나들며
비워두었던 여백에

꽃향기 뿜어 대는
하얀 그리움

그 마흔여섯

동트는 이른 새벽
어둠을 찢고
질주하는 앰뷸런스

한 영혼의 절규
이승의 연 놓지 않으려
앙다문 입술 피로 물들었다

새집으로
이사 간단다
사랑하는 사람 여기 두고
창밖 비의 울음소리

남겨진 아픔
아랑곳없이
미안함도 없이

그 마흔여섯은
빗소리처럼 그렇게
그렇게 멀어져 갔다

가을 길

햇빛이 투명해
내가 걷는 길만
가을이 온 건 아닌가

눈과 귀가
닿지 않은 어딘가
스치는 바람자리
펼쳐진 꽃들의 향연

꿈처럼 일어서는
희망 무지개 담아 본
만개한 국화 밭

그대 손 잡고
눈부신 날에
님에게 닿아
꽃길 되어 흐르면

정다운 가을빛
머물러 보는
여유로운 느림
오래 머물고 싶은 시간

인 생 2

파란 하늘 눈부시다
오랜만에 보는 푸른 하늘

하늘이 끝없듯
생각도 끝이 없네

생각에 길을 내니
삶은 순간이고
길은 영원한데

아
어디가 길이고
어디가 빛일까

마음 간절한데
이정표가 없네
내 안에는

엄마는 아흔한 살

눈이 펑펑 내리는 화요일
제인 폭포 언저리 요양원
어머니 만나러 간다
남편과 함께
코로나로부터 안전 확인
5분 남짓의 기다림

요양사님과 휠체어에 앉아
눈 똥그렇게 커지는
엄마와 마주한다
안 가서 못 만난 것도 있지만
코로나 때문에 못 가고
시간 안 돼서 못 가고

엄마 기억은 늘 '아무도 안 왔어'다
죄송하고 미안해 여기저기
서투른 재롱과 애교
마음 녹여 드리려 갖은 애 써 본다
표정 없는 모습에 웃음기 돌고

"등이 가렵다" 긁어 달라신다
"셔언하다 선해" 하시는 어머니
준비해 간 바리깡으로
깎고 자르고 물 없는 샴푸 마사지
따끈하게 수건 적셔 거품 닦아 내며

우리 엄마 지금처럼 조금만 더
곁에 계셔 주기를 기도해 본다
자주 못 오는 핑계도 대고
소통 안 돼 뻘쭘해지는 시간
계속 많은 말을 했다

입 모양에 마냥 보고만 있는
엄마 앞에 앵무새가 되기로 했다
복지사님 끝내야 한다는 신호에
아쉬운 맘 급해져 두 손 마주 잡고
두 눈 맞추며 귀 가까이
커다란 목소리로

또 오겠다는 약속에 끄덕이며
"엘리베이터 타고 올라간 뒤에 가"
라는 말씀에 또 가슴 미어졌다.
문 닫히는 순간 왈칵 쏟아지는 눈물
한참 떠나지 못하고
먹먹한 가슴만 쥐고 있었다
겨울이 아프다
만나고 싶지 않은
가여운 겨울이

지꼴 마을

멀어져 간 기억 뒤로
옷고름처럼 휘날리던
잊히는 지명
호명하는 밤

군자산 밑 외딴집
흔적 없이 사라진
낯선 풍경

옛 기억 함께할
친구가 그립다
차 한 잔 하자고 할
정겨운 동무들

길 위에 구르는
유년의 추억이 노닐고
오늘따라
소 몰던 아버지 모습
눈썹 끝에 매달려
아른거린다

* 지꼴: 연천 군자산 밑 작은마을

유월의 기도

6.25의 아픔을 되새기며
산화한 애국선열
국군장병들의 충절 앞에
조기를 게양합니다

숭고한 정신과
위훈을 기리며
호국영령들 앞에
고개 숙입니다

값진 희생
말없이 잠든 영령들
추모의 발길

한 줌 재로
한 줄기 연기
대답 없는 이름 앞에
국화 한 송이 놓고 갑니다

삼천포

전철 잘못 타
삼천포로
빠져버린 날

언젠가
가보고 싶었던
소래 포구

이 사람 저 사람
길을 물으며 도착한
소래 포구

전어 굽는 냄새
연인들 밝은
웃음소리

해변을 걷는
표정들 예뻤다
바다처럼 맑고 푸르다

삼천포 가끔은
괜찮은 일탈이다.

제4부 ··· 강변 풍경

강변 풍경

하얀 구름
시원한 바람
서늘한 저녁

노을이 도시를
강변을
붉게 색칠한다

숨어 있던 들고양이
모습 드러내는
분주한 시간

옹기종기
작은 오리배
키 자랑하듯
줄줄이 서 있다

눈 앞에 펼쳐진 풍경
한 폭의 수채화
방금 붓칠 끝낸
자연 그림

연인들 다정히
걷기도 하고
돗자리 깔고 뒹굴며
추억을 심는다
해 저무는 강변에 취해
야경에 취해
강변의 밤을 새워도
좋은 오늘

하얀 섬

옷깃 파고드는
날씨만큼
생각도 많은 오후

나만의 섬에
꼭꼭 숨고 싶은 날

설원에 묻혀
하얀 섬 되었다

독 백

찾는 이 없는
한적한 시간
컴 앞에 앉아
궁상떠는 나

지난 일들
넘겨보는
추억이
말벗이 되어

쓸쓸함 더디게
살짝 홀로임을
숨길 수 있어서 좋다

겨울 끝자락

봄 오는 줄 알았더니
매서운 바람
옷깃 여미게 하네

이월 하순
먼 산 굽이굽이
넘어온 바람

모진 한파 뚫고
저토록 분주히
봄을 깨우고 있나

겨울 끝에
매달려 우는 밤
바람만 설쳐대고
 생각의 자유
훨훨 날아
봄 길을 걷고 있다.

바 람

바람이 서늘하다
숲속
바람 소리 듣는다

사각이는 소리
잠든 새 꿈꾸는
자작나무 숲

시린 마음 한쪽 던지면
가을 깊이에
아픔 하나

어딘지 모를 자리
바람 지나간다
다시 소리를 듣고 있다

하늘 덮는 푸른 잎새
바람이 흔들고 있다

세 밑

겹겹이
숱한 이별의 세월
또 한 해 끝자락

추억이
요동치는 가슴
누구라도
안부가 그립다

고향 친구들
나가 있는 아이들

문득
혼자 아닌 게 다행이다

불면의 밤

적요의 새벽
위험한 질주
멀리 밝아오는
미명의 아침
빗길을 달리고 있다
무겁게 쌓이는 상념
버리고 싶다
비우지 못하는 나를
버리지 못하는 나를
빗속을 달리고 있다
비움이 너무
무
겁
다
그냥, 그리 모두 아쉽다

정 적

지친 몸 뉘였지만
일어나는 상념
꿈속을 헤매는 근심
내리는 빗물 만큼이나
몸과 마음 젖어 들고

하루의 빛 속에
세워보는 생의 탑
온갖 상념은 다보탑을 쌓고
무너뜨리고
차라리 하얀 어리석음

생각으로 퍼 올린
밤의 정적 한가운데
나는 서 있다

국화 앞에서

푸른 물 뚝뚝 떨어지는
녹음 짙은 여름 지나
오곡이 살찌고 잎새마다 단풍이 들 때
서서히 제 모습을 드러낸다
온실에서나 들에서
크고 작은 웃음덩이
무서리에 새벽마다
세수를 하고 정갈하게
아침을 반긴다
저 앞에 서면
내 안의 거울을 보게 된다
나는 소중한 이들에게
얼마나 가슴열어 웃음을 주었는지
얼마나 다듬고 바르고 지지며 정성을 다해 왔는지
오늘도 국화 앞에서
그를 닮으리라 다짐해본다

빈 집

"엄마 배고파 밥 줘."
책가방 집어 던지며
뛰어들던 집
더 이상 그 집이 아니다

세월만큼
낡고 바래져 버린 빈집
달래 냉이 넣은 된장찌개
보글거리던 집에는
백발 성성해진
할머니 흔적뿐

"엄마"하고 부르면
아이처럼
하얗게 웃고 계셨지

가시고기 엄마처럼
젊음을 태워
세상 밝히신
엄마 등불
영원한 사랑입니다

연등

알 수 없는 미움
나를 휘감아 대고
덜커덩대는 마음
주체 할 길 없어
젖은 눈으로
바라본 하늘

은은한 천연색 연등
내 마음 덮어줄 듯
내려다보네
반생 넘게 살았건만
한낱 미움 이기지 못해
한 발짝 옮기기 힘들다
마음 짐 내려놓지 못해
나뭇가지 매달린
연등만 무심히 바라본다
미움 떠난 자리 슬픈 표정
바람이 흔들고 있네

연극이 끝난 뒤

연극 끝난 뒤 공허
우두커니 서서
화려했던 조명
하나씩 하나씩 내린다

무지개
수놓았던 폭죽
빨강 파랑 노랑
꿈 조각처럼 날리고

신데렐라 유리 구두
주인공 귀고리인지
떨어진 예쁜 귀고리 한 짝

양가 부모님께 나눈 인사
주례사에
예쁜 두 눈 적시고
두 볼 따라 흐르는 눈물

창밖은 온통
붉은 목련으로
하늘에 수놓았다

멀어져 가는 웨딩카
꽃향기
봄 향기 날리네

마흔일곱의 반란

말 많은 이들과 살다 보니
내 모습이 그들을 닮아간다
끝없는 생각은
머리를 어지럽히고
짜증은 아이들을
신물나게 한다

정신없이 자동차
엑셀러레이터를
밟아 보지만
개운치 않은 기분
근심은 날개를 달고
우울증을 업고 나선다

근심 잠재울
희망의 소리
들려줄 딸아이는
지금
공
부
중

머리 성형

싹둑 가위질 한번
걱정거리 하나 내리고
가위질 두 번 근심 날리고
또 한 번 싹둑 희망을 심는다

모든 근심
잘라 낼 수 있다면

노랑 빨강
총천연색
자르고 볶고
색깔 바꾸며
검정으로 부려보는 요술손
새치머리
젊음을 나눈다

근심덩어리
지우고 잘라내고 물들이고

웃을 수 있는 이유

시평 … 김 욱 동

서정의 깊은 연못에서
은은한 파스텔화로 만나는 『비발디의 사계』

김욱동

(시인, 소설가, 문학평론가)

서정 박은숙 시인이 71편의 옥고玉稿로 시집을 상제上製한다. 제1부 「봄의 소묘」, 제2부 「가을 독백」, 제3부 「꽃비」, 제4부 「강변풍경」으로 나누어 서정을 그리는 시의 연못으로 몰아넣는다.

먼저 유독 계절의 변화에 민감한 시인이 소재로 사용한 춘하추동은 시인 심상의 오브제(불어-objet)다.

신의 선물과 같은 우리나라의 뚜렷한 사계를 대하며 시인의 심상에서 뿜어져 나오는 오묘한 파스텔색상의 부드러운 터치로 은유와 때론 환유를 통한 형상화에 심혈을 기울인 흔적들이 산재해 있다.

summer is/봄비/가을에/봄의 소묘/가을 길/여명의 봄/봄을 그리다/봄 다방/가을 독백/오월 이야기/봄날의 초상/봄의 유혹/잃어버린 봄/가을 길 2/겨울 끝자락/

등 무려 15편의 시가 마치 비발디의 사계처럼 그려져 있다.

그것도 은은한 파스텔의 몽환적인 색조로 그중에 가장 도드라진 색상은 진분홍이다.

만물이 소생하는 희망의 계절 그 아름다운 계절의 변화에 비발디의 「봄」처럼 예리한 바이올린과 앙상블을 이루는 중후한 첼로의 절묘한 조화를 스케치한 것이다.

여름은 여름대로 정열에 불타는 태양마저도 보석처럼 반기며 황홀한 빛깔을 그려 넣는다.

연이은 만추의 가을에는 황금색과 붉은색의 조화로 눈부시게 만든다.

만물이 죽은 듯이 잠든 겨울날에도 시인은 순백의 색상으로 세상을 정화淨化 시킨다.

그리고 「아이러니」의 시도다.

『사계四季』로 대표되는 안토니오 루치오 비발디(1678~1741)는 이탈리아 베네치아의 성직자이면서 작곡자이며 또한 바이올린 연주가다.

당시 대세였던 종교음악과는 결을 달리하는 대중화를 시도한 인물 중 한 사람이며, 4개의 바이올린 협주곡으로 된 『사계』의 작곡가이다.

비발디의 사계를 바이올린 선율로만 느끼는가?

그렇다면 고차원적인 수준의 음악이 아닌 표층적表層的인

수준의 음악에 머물러 있는 자신을 발견해야 한다.

특히 비발디의 사계에서는 더욱 그렇다.

4개의 바이올린이 절묘하게 협연 되는 그 선율에서 봄이면 진달래 빛 연분홍 색상을 볼 수 있어야 한다.

나아가서 청청한 소나기와 우렛소리가 하늘을 가르는 여름의 장엄한 선율에서는 비에 젖은 신록의 짙푸른 초록 향기를 맡아야 한다.

또한, 바바리코트 깃을 잔뜩 세운 나그네의 공허한 걸음이 묘사되는 가을 부분에서는 신록보다 아름다운 단풍의 색상에 우리의 심상이 물들어야 한다.

그리고 황량한 북풍의 매서운 바람이 휘몰아치는 겨울날에는 오히려 G 선의 중후한 흐느낌은 깊은 땅속에서부터 들리는 울림과 흐느낌을 만나야 한다.

역逆으로 우리는 서정 박은숙의 시편에 주옥같이 자리하고 있는 활자 속에서 퍼즐과 같은 그림을 찾아 그 그림이 부르는 노래를 들을 수 있어야 한다.

마치 심층적深層的인 음악 애호가가 비발디의 바이올린 선율에서 그림을 보듯이

행과 연의 언어에서 들리는 미세한 시인의 음악같이 흐르는 호흡을 느껴야 한다.

1. 우선 서정 박은숙의 계절 속으로 심미안審美眼을 가다듬으며 들어간다.

　　창밖을 보세요
　　무심히
　　바라본 하늘

　　어제와 오늘이
　　다르게 변하는
　　빛과 향기를

　　초록이 느껴지고
　　생기 만져지는
　　푸르름의 계절

　　봄의 시작 앞에
　　당신을
　　만나고 싶습니다

　　노오란 개나리
　　따스한 마음
　　프리지어 한 다발로

　　세상이
　　아름다울 수 있는

기쁨으로

당신은 봄을
업고 오셨군요

－「봄비」 전문

 죽은 듯 얼어붙었던 대지를 봄의 입김이 녹이기 시작하면 시
인의 마음속엔 아름다운 화원이 조성된다.
 봄을 앞당기는 봄비까지 촉촉이 내리는 창밖에서 전해오는
봄의 빛과 향기를 가슴 깊숙이 흠뻑 들이키는 시인은 푸른 생
기의 충만함을 느낀다.
 그리고 아지랑이처럼 아스라이 피어나는 그리움 한 자락, 노
란 개나리 같은 따스한 마음으로 엮인, 프리지어 한 다발을 안
고 저만치서 봄을 업고 오는 당신의 촉촉한 발걸음 봄비를 기
쁨으로 노래한다.

꽃길조차 지루한
여름의 나른함에
발 적시고
자연 위로가
듣고 싶어
강가를 찾는다

강 위를 나는 흰 두루미
새떼들 울음이
노랫소리로 들리고

소리를 내는 모든
자연의 푸름에
반짝반짝 쏘아대는 햇화살

누군가의 아름다운 영혼일까
태양을 즐기며
참는 법을 알아버린 삶

길 꽃 황홀한 빛깔로
여름 햇살 가득 안은
빛나는 보석

난 이곳이 참 좋다
서투른 방랑자의
주인으로 ......

- 「*summer is*」 전문

시로 만나는 시인은 언제나 희망을 노래하는 긍정적이고 반
짝거리는 영혼을 소유한 그러면서도 예리한 통찰력으로 성숙
한 자아 성찰을 이루어 가는 지적 소유자임을 「summer is」

통해 볼 수 있었다.

무더운 여름으로 끈적거리는 땀과 이글거리는 태양의 열기를 기피 하는 힘든 계절을 길가에 핀 꽃의 황홀한 빛깔을 반가워하며, 따가운 태양의 열기조차 빛나는 보석으로 기꺼워하며 '이곳이 참 좋다'는 긍정의 묘妙를 보여준다.

그리고 우주 만물의 순리에 모든 인간은 다만 나그네에 지나지 않는다는 철리哲理를 간파한다.

하지만 순리에 순응할지라도 비록 서툴지만 주어진 현재엔 당당한 주인이라고 긍정의 도道를 또다시 읊조린다.

가을은 깊어 가고
이슬 젖은 꽃잎
불어오는 바람에
꽃잎을 오므린다

무성했던 여름
누렇게 바래져
푸르름 뒤의 껴칠음

이제
말없이 떠난 시간
추념하는 일밖에

끝까지
올 곳이

아름다울 순 없겠지

시월 상달
서릿발치는 귀로
아무도 없네

어디로 가야 볼 수 있을까
그때 그 푸르름

- 「가을에」 전문

유별나게 가을은 성숙하게 느껴지면서도 무언가를 차분히 준비하는 계절이다.

마치 임종을 앞둔 사람이 지난 일생을 되돌아보며 회한의 한숨을 짓는 것 같기도 하고

모든 것이 멈추고 자취를 감추는 겨울이 오는 것을 대비하여 마음과 몸을 추스르는 것 같이 분주하기도 한 짧은 계절이다.

봄과 여름 동안 사람들의 눈을 즐겁게 행복하게 해주던 꽃들도 불어오는 바람에 옴츠리며 잎을 닫고 무성했던 여름의 청청함은 오히려 꺼칠한 흔적으로 누렇게 빛바래는 것을 어쩔 수 없는 자연의 섭리에 순응하여 추념하며 상념에 젖는다.

다시 볼 수도 들을 수도 없는 고독은 천상천하유아독존天上天下唯我獨尊을 설파했던 석가모니의 혜지慧智를 깨닫는다.

계절이 깊어
절규하듯 노래하는 매미 소리
바람에 꺾어지는
이별 길

텅 빈 거리
나만의 숲을
사색하는

홀로 걷는 산책 길
많은 것을 보고 만지고
마음 자락 달빛에 펼쳐

추억이 되돌아오는
이런 날은 스산한 마음만
가을 문 앞을 서성이네

- 「가을 독백」 전문

그리고 마치 구르몽의 시처럼 별리別離의 독백을 남긴다.

그러나 슬픈 이별의 노래에 오랫동안 머무는 것은 결코 긍정의 아이콘 서정 박은숙의 몫이 아니다.

아직 봄이 오기도 전 겨울의 끝자락에 다다르기도 전 시인은 봄맞이에 설렌다.

봄 오는 줄 알았더니
매서운 바람
옷깃 여미게 하네

이월 하순
먼 산 굽이굽이
넘어온 바람

모진 한파 뚫고
저토록 분주히
봄을 깨우고 있나

겨울 끝에
매달려 우는 밤
바람만 설쳐대고
생각의 자유
훨훨 날아
봄 길을 걷고 있다.

- 「겨울 끝자락」 전문

긴긴 겨우내 설렘 속 기다린 봄 아직 산천의 곳곳엔 잔설殘
雪이 남았지만, 달력이 가르키는 2월은 먼 산을 에둘러 굽이굽
이 넘어온 바람에서 시인의 예민한 시심은 모진 한파를 뚫고

분주히 봄을 깨우는 바이올린의 선율을 느낀다.

시는 상상의 등가물이라고 한다.

구속받지 않는 자유로운 영혼이 꿈꾸는 자유는 겨울 끝에 간신히 매달려 우는 밤바람의 설레발을 떨치고 벌써 봄 길을 걷고 있다.

2. 이제 두 번째 설정하는 카테고리는 「삶」이다.

먹장구름 사이로 언뜻언뜻 얼굴을 드러내는 파란 하늘처럼, 서정 박은숙 시인의 시편에서 유추할 수 있는 삶과 그 언저리의 모습이 드러난다.

일탈/감옥/라디오를 켜고/금일 휴업/그 마흔여섯/지꼴 마을/삼천포/독백/정적/연극이 끝난 뒤/ 연등/머리 성형/봄날의 미장원 오후/

등의 시에서 발견되는 조각모음으로 시인의 주변을 유추해 본다.

햇살 내려와
오늘이 열리고
감옥인지 모르고
좋아하는 그녀

아주머니들
운집하는 미용실
온종일 창밖 세상
그리워 꿈꾸는 그녀

마음 한 곳
아픔 내려와
몸살로 눕는다

살아서 숨 쉬는
오늘이란 흔적
쫓기듯 밀려오는
일상의 끝

돌아보면 언제나
텅 빈 자리
창문 사이로 보이는
콘크리트 벽

목청 돋우어
떠들던 여인들
귀소본능 마음 엮어
떠난 자리
허무만 남았네

－「감옥」 전문

햇살이 맨 먼저 문을 여는 미용실, 톡톡 튀는 밝은 하루 속에도 숨어 있는 그림자가 있다.

마을 여인들의 사랑방 노릇으로 수많은 일상이 모여 북새통을 이룬다.

그곳은 시인은 비단 도심의 콘크리트 벽일지라도 바깥이라는 이름 하나로도 자꾸만 창밖을 꿈꾸게 만드는 감옥이다.

오가는 대화 속에서 때론 가시처럼 찌르는 아픔이 부르르 떨려오기도 한다.

그래도 그곳은 삶을 영위하는 은신처이며, 삶의 하루 치를 살아 숨 쉬는 흔적이기도 하다.

혼자 남겨지는 고독이라는 허慮한 자리엔 그나마 목청을 돋우던 여인들이 둥지를 찾아 썰물처럼 사라지고 난 후의 적막을 여지없이 몰아다 놓는다.

> 고독 같은 빗소리
> 나와 무관하게
> 장대비로 내리고 있다-

> - 「우기」 부분

고독이 몰아다 준 적막寂寞은 화자가 원한 것도 의도한 것도 아닌 다만 시절 인연과의 조우遭遇로써 본인의 의지와는 무관함을 시인은 고백한다.

그러나 삶의 매 순간이 고통과 긴장 아픔과 회한悔恨의 장만

펼쳐지는 것은 아니다.

향긋한 커피
한잔의 여유
자유로움아
신나게 달려보자

여름 다 가기 전
추억을 남기고
쉴 곳 찾아
떠나는 방랑자로

사랑의 이름으로
머물 수 있다면
얼마나 멋진 일인가

호랑이 장가가던 날이었나
비구름 사이
무지개 틈새로
빗살 보이던 모습

신선이 노니는
선경이 아니었을까
잠다했던 마음
휴갓길에 머물러

평화를 누리는 기쁨
행복하다
짜릿한 일탈이

- 「일탈」 전문

천직으로 여겨온 생업과 자녀교육, 연로하신 어머니를 돌보는 일등 무겁게 삶을 짓누르는 일상에서, 단지 며칠이지만 주어지는 휴가란 이름의 여유, 시인은 일탈로 말하지만, 실상은 재충전을 위한 일시 멈춤일 뿐이다.

하지만 그것마저도 일탈로 불러야 할 만큼 녹녹지 않은 일상에서 벗어나는 여름휴가다.

흡사 '스티븐 킹'의 원고지 700매 분량의 중편소설을 영화화한 명화『쇼생크의 탈출』에서 푸른 물감이 뚝뚝 떨어지는 것 같은 태평양을 향해 차를 보는 자유인 「앤디」처럼 달리는 여유를 노래한다.

한잔의 커피 향은 유달랐고 전래동화 '호랑이 장가가는 날'로 내리는 비를 몰고 온 구름 사이로 무지개까지 반기는 선경仙境을 마음껏 즐기는 시인의 기쁨을 함께 누린다.

흑산도/여행/카페 시나몬/일탈. 2의 석모도/보문사/지꼴마을

등에서 시인이 만나고 느낀 것들을 함께 누릴 수 있다.

슬픔을 감춘다는 것
내 앞에 놓인 소중함
완전하기엔
아직도 머언 거리

기준을 날마다 바꾸며
고운 빛으로
소유한 것들에게

귀함을 깨닫고
행복의 소중함을
간직하려고 하네

소유한다는 것
지워 간다는 것
집착을 놓아보면
가벼움을 알려나

어리석은
소중한 일상
갈등의 끝에
디딤돌이 되는

조바심
차갑게
쓸쓸하게
바람 소리만 내고 있다

- 「love is……」 전문

인류가 지구상에 문화를 갖추고 나서 더불어 살아가며 소통하는 감정 중에서 가장 설명하기 어렵고 답을 구하기도 어려운 개념이나 단어 중 하나가 '사랑'이다.

소중하지만 완전하기엔 멀기만 하고, 소유하려면 할수록 통증을 유발하는 속성을 가진 '사랑' 그래서 때론 소유하기 위한 몸부림으로 지워야 하며, 머물게 하기로 애쓸수록 집착하지 않아야 하는 갈등.

그것은 삶이 성숙하기 위한 생장통生長痛이 되기도 하지만 디딤돌이기도 하다고 갈파한 시인 곁에서 조바심을 부르는 바람 소리만 차갑고 쓸쓸하게 맴돈다.

그래서 시제詩題의 끝부분을 말없음표의 여운을 우리에게 준 것이 아닐까?

3. 이제 시인의 뒷 그림자에 천착해보기로 한다.

인간은 누구나 환한 얼굴의 앞모습이 있다면 가리고 싶은 암울한 뒷모습도 있는 법이다.

인간이기에 그렇다.

새봄이 되니
요양원에 계신 어머니께
옷 몇 가지 챙겨다 드리려
옷장을 열었다

하루하루 야위어가는
낯선 어머니 모습
옷장에 걸려 있는 옷가지들
우리 엄마 모습 닮아 있네

엄마가 제일 좋아하시던 옷들
이제나 저제나
주인이 찾아 줄까
기다리는데

누워만 계시니
이쁜 옷이
아무 소용이 없네

생신날 사드렸던
땡땡이 재킷과 분홍바지
하얀 둥근 모자

너무나 예쁘셨는데
언제 저 옷 입고
봄나들이 가실 수 있으려나

멈춰버린 기억 속에서
바깥세상 보여달라
애원하시는 어머니

어머니
함께 할 수 없어서
죄송합니다

그리고
죄송할 수밖에 없어서
미안합니다

- 「어머니의 옷장」 전문

  금번에 상재上梓하는 시인의 시집에 적지 않은 분량의 무게에 어머니에 대한 다 하지 못하는 효로 인한 안타까움과 어머니의 젊은 시절에 대한 추억과 파생되는 여러 가지 상념들이 시어로 자리 잡고 있다.

  얼핏 아흔을 넘기시기까지 수를 누리시는 것은 천행이나 지워지기 시작하는 인지 기능으로 기억마저도 성장이 멎고 상실의 시간 이전의 추억의 상자 속에만 있는 어머니가 가엽고 안타까운 것이다.

그리고 삶이라는 번잡한 일상으로 자주 찾아뵙지도 그래서 효도를 하지 못한다는 자괴감自愧感에 부르는 사모곡이다.

봄이 오는 어느 날 요양원에 계시는 어머니에게 갈아 입힐 봄옷을 챙기느라 열어본 '어머니의 옷장' 문을 열던 손이 잠시 멈출 수밖에 없다.

주인을 잃고 옷장 속에서 쓸쓸히 늙어가며 지워지는 화려했던 날 옷의 기억들

-중략- 생신날 사드렸던/땡땡이 재킷과 분홍바지/하얀 둥근 모자//너무나 예쁘셨는데/언제 저 옷 입고/봄나들이 가실 수 있으려나//-중략-

시인의 심상心想에는 마치 옷장에 걸려 있는 옷들이 바깥 구경을 시켜달라고 애원하는 어머니의 모습으로 그려지며 그렇게 하지 못한 미안함에 연신 고개를 조아린다.

죄송하다고/ 미안하다고/

그리고는 여건상 어머니에게 다하지 못하는 효도를 자신에게 주어지는 봉사의 기회가 오면 놓치지 않고 최선을 다하는 것이다.

첫 주 화요일
요양원 봉사 가는 날
하얀 머리 천사들
기다렸다고
두 손으로 반겨 주신다

머리 손질하고픈
마음 하나
작은 기다림
가슴에 심고

날마다 꽃밭 물 주듯
기다리고 기다리는
어르신 가슴에
스며든 오늘
왠지 쓸쓸해진다

- 「천사님 만나는 날」 전문

한 달에 한 차례씩 가는 요양원 봉사는 영위하는 업의 머리 손질이다.

그날만 손꼽아 기다리시는 요양원에 계시는 백발의 천사들이 두 손으로 반긴다.

성심을 다해 손질하는 머리가 깔끔해지는 요술에 함박웃음이 오늘따라 오히려 쓸쓸해 짐은 또 다른 요양원에서 이곳

천사들처럼 봉사자의 손길을 기다릴 어머니 생각 때문일까?

또 다른 그림자를 만난다.
침울한 무게감으로 언급이 조심스러운 얼굴이다.
그래도 사람이 살아가면서 누구에게나 일어날 수 있는 아픔
이기에 담담하게 살핀다.

동트는 이른 새벽
어둠을 찢고
질주하는 엠블런스

한 영혼의 절규
이승의 연 놓지 않으려
앙다문 입술 피로 물들었다

새집으로
이사 간단다
사랑하는 사람 여기 두고
창밖 비의 울음소리

남겨진 아픔
아랑곳없이
미안함도 없이

그 마흔여섯은

빗소리처럼 그렇게
그렇게 멀어져 갔다

　　　－「그 마흔여섯」 전문

　어둠을 벗겨내는 동틀 녘 새벽하늘의 장막은 두께를 어림할 수 없다.
　엠블런스 경광등이 요란하게 새벽 냉기를 찢으며 질주하는 긴박감을 오랜 세월이 흐른 이제는 되씹을 수 있게 되었다.
　시간이 지나면 범사에 기한이 있는 것처럼 흔적들은 지워지기 마련이다.

　이 시를 대하면서 성경 구약에 나오는 '욥'이란 인물이 떠올랐다.
　하나님이 인정한 동방東邦의 의인義人이며 거부巨富였던 욥, 그래서 모든 사람의 선망의 대상이었던 욥에게 형언할 수 없는 불행이 도둑같이 들이친다.
　슬하에 헌 헌 장부였던 아들 일곱에 경국지색의 딸 셋을 둔 만인이 부러워한 의인에게 어느 날 별안간 내려진 청천벽력靑天霹靂같은 재앙이었다.
　모든 재산은 일시에 사라지고 그뿐만 아니라 한 자리에서 열 명의 자녀가 비명횡사非命橫死하는 극에 달한 비극이 닥쳤다.
　욥은 하나님에게 자신이 태어난 날을 저주하며 목숨을 거두어 가기를 자신이 절대자로 섬기는 하나님께 간청한다.

욥처럼 화자에게 주어진 이생의 연緣 하나가 길 떠나는 애
가哀歌의 날이다

가는 이나 보내는 이는 고통苦痛이란 공통분모共通分母로 같
은 상수常數가 된다.

가면서 이생의 미련에 앙다문 입술에 맺힌 선혈, 찢어지는
별리別離의 순간을 이사 가는 날로 매김하고는 눈물은 창밖
을 흔드는 비의 몫으로 환유시키는 시인의 냉철함은 이제야
시어로 한올 한올 맺으며 보일 수 없는 눈물방울로 아롱진다.

그날 「그 마흔여섯」에는 상상할 수도 없도록 몸서리치던 아
픔이.

그러나 모진 고통과 아픔을 딛고 일어선 시인은 『카르페 디
엠』의 의미, 이 또한 지나가는 것을 노래한다.

그리고 문학의 효시曉示라 일컫는 『일리어드, 오딧세이』란 서
사시를 쓴 호머의 시처럼

"가을바람이 낡은 잎을 땅에 뿌리면 봄은 새잎으로 숲을 덮
는다."는 철리哲理처럼 새로운 생명의 탄생은 끊기지 않는 희
망의 노래다.

> 작은 입술의 들썩임
> 배냇저고리에 묻은
> 하얀 웃음

말간 솜털 드러내고
밝게 웃고 있는 아가야

두 눈 감고 있어도
웃음소리에 익숙해

가족들의 축하 속
사랑으로 자라날 아가야

무럭무럭 자라
누구에게나
자랑스러운 멋진
아이로 자라주렴

작은 몸짓에
눈길이 멈춰지고
쉼 없이
사진을 찍게 되고

작은 미소
초롱초롱한 눈망울
모든 이의 사랑 받는
보물이다

– 「첫 손주」 전문

매섭게 찬 인생의 겨울을 견딘 나무에 새움이 트듯 아픈 이별의 상흔傷痕을 견디고 새로운 생명이 시인의 분신처럼 탄생했다.

자녀 사랑은 내리사랑이라고 했던가? 얼마나 귀여운가? 초롱초롱한 눈동자 그 손주가 맞는 첫돌은 마구 소리치며 기뻐해도 좋은 날이다.

하늘과 땅의 축복이 아우러져 남김없이 부어지는 날이다.

지난 아픔과 고통은 희미하게 흔적을 지우며 아가의 맑고 밝은 웃음소리에 멀어져간다.

4. 조우遭遇하는 마지막 카테고리는 시인 내면의 스켓치된 파스텔화 흔적이다.

빛살 드는 창가
향기 가득한
차 한 잔
꽃내음의 풍미

행복한 발라드에
리듬 맞추던
시간들에
잠시 취해

한 발엔 웃음꽃
한 발에 사랑 꽃
한가하게 봄 향기와
구름 따라
잠시 날아 봐야지

따스한 체온
봄꽃들과
눈빛으로 교감하며

꽃잎 그려진 찻잔에
달콤한 커피 향
내 맘 녹이면

지친 삶
피로와 함께
오늘도
손잡고 가자

-「동행」 전문

스스로 사랑하지 못하는 사람은 불행한 삶을 사는 인생이다. 그렇다고 「나르시시즘-Narcissism」이라는 자신이 리비도의 대상이 되는 정신분석학적 용어로 자기애自己愛를 주창主唱하는 것은 아니다.

자신이 스스로 사랑하지 못하거나 나아가 비하하는 사람은 타인으로부터도 사랑받지 못할 뿐만 아니라 나아가 자신도 타인을 진정으로 사랑할 수 없는 나락奈落에 빠진다.

바둑의 전략적 용어 가운데 아생연후살타芽生然後殺他란 말이 있다.

즉 내가 살아남은 후에야 남을 공격하여야 승리한다는 말로 치열한 바둑의 수手 싸움 때 필요한 전술을 말하는 것이다.

박은숙 시인은 내면에는 겪어온 많은 난관에서 상처받고 지쳐서 무너진 자신의 맨탈을 회복시킬 방법으로 자연과 따뜻한 차 한 잔의 여유로 스스로를 사랑하는, 즉 자중자애自重自愛의 길을 이미 터득攄得한 것이다.

그리고 시인이 힐링을 위한 장소 중 한 곳을 아생연후살타芽生然後殺他란 교훈을 알지 못한 채, 인생의 여유를 상실한 많은 사람들에게 내밀하게 알려준다.

　　잔잔한 음악
　　먼저 와 반기고

　　맛깔스러운 크림파스타
　　몸짓에 웃음꽃 피고

심장을 적시는 커피 향
갈 길 몰라 방황하는 영혼

속 말 드러내는
허물없는 우정이 되었다

웃음 만들고 감성 흔들어
마음이 먼저 달려가는 곳

따스함이 서리서리
사연을 만든다

영혼이 힘들어
피난처 되어준 카페 시나몬

찻잔은 싸늘히 식어도
마음이 또다시
그곳에 가 있다

— 「카페 시나몬」 전문

문을 열면 기다리던 클래식 선율이 살갑게 반기며, 맛깔스러운 음식의 호사는 덤으로 웃음이 절로 나오고 피곤으로 거칠어진 심장을 감싸며 적시는 커피 향은 심상에 감춰두었던 상처까지 드러내는 마법을 부른다.

그래서 시인 자신의 영혼의 피난처 중 은밀하게 간직했던 곳 「카페 시나몬」를 우리와 공유한다.

– 나가며

지금까지 서정 박은숙이 상재上梓하는 4부로 나눈 시편의 71여 편의 연하고 부드러운 색감의 파스텔화(pastel painting) 같은 촉촉한 감성을 만났다.

없던 이정표를 세워가면서 나름대로 시인의 내면에 충실하고 자 애썼다.

파스텔화는 몽환적 분위기를 보여주는 아름다운 기법이지만, 대체로 빠르게 빛을 발한다는 취약한 면이 있다.

따라서 다소 무거운 감이 스미더라도 오일파스텔화의 기법을 익혀 유화에 못지않게 생명력이 긴 시인으로 성장하기를 당부한다.

다시 한번 출간을 축하하며 장도를 기대하면서 닫는다.